CW00746431

Le cochon qui cachait ses cachets

© 2014, l'école des loisirs, Paris
Loi n° 49.956 du 16 juillet 1949 sur les publications
destinées à la jeunesse : septembre 2014
Dépôt légal : septembre 2014
Imprimé en France par l'imprimerie Pollina à Luçon - L69443

ISBN 978-2-211-21805-4

Christian Oster

Le cochon qui cachait ses cachets

Illustrations de Bruno Gibert

Mouche
l'école des loisirs
11, rue de Sèvres, Paris 6ᵉ

Il était une fois un jeune cochon qui éternuait.

Il faut savoir que, lorsqu'un cochon s'enrhume, même un jeune cochon, avec un groin forcément moins gros que le groin d'un cochon adulte, il utilise beaucoup de mouchoirs.

Par le passé, lorsqu'un cochon s'enrhumait, il utilisait des mouchoirs en tissu pour se moucher.

Évidemment, il fallait laver ces mouchoirs. Ça coûtait cher en lessive.

À l'époque où se passe cette histoire, les cochons, pour se moucher, utilisaient déjà des mouchoirs en papier. Ça coûtait cher en papier. De toute façon, la vie coûte toujours cher.

Notre jeune cochon se mouchait, donc. Et il utilisait beaucoup de mouchoirs en papier. Il y avait une montagne de mouchoirs en papier dans la ferme. Une montagne plus haute que le jeune cochon, qui avait le groin tout rouge. Notre jeune cochon regardait, en levant le groin, sa montagne de mouchoirs en papier, et il se mouchait, donc, je crois que je l'ai déjà dit.

En plus, il avait mal à la tête.

Sa mère, une grosse truie qui aimait beaucoup son fils, l'avait emmené voir le docteur.

Le docteur, qui ne croyait pas trop aux sirops ni aux gouttes dans le nez, avait prescrit des cachets au jeune cochon. Trois fois deux cachets de cinq cents milligrammes par jour.

La maman du cochon s'approcha de son fils et de la montagne de mouchoirs. Elle était désespérée de voir son fils se moucher au pied de cette montagne. Elle tenait la boîte de cachets à la main.

Quand je dis main, c'est évidemment une façon de parler.

— Tiens, Charles, lui dit-elle, tu en prends deux maintenant.

Et elle lui tendit la boîte.

Charles parut hésiter. Il prit la boîte et dit :

— Je vais les prendre tout à l'heure.

— Non, maintenant, dit la maman.

— Je n'ai pas de verre, dit Charles.

— Depuis quand les cochons boi-vent-ils dans un verre ?

— Depuis que c'est plus pratique, répondit Charles.

La maman ne voulut pas discuter. Elle préférait céder aux caprices de son fils. Ce qu'elle voulait, c'est qu'il prenne ses médicaments. Évidemment, pour trouver un verre, il lui fallait s'introduire dans la cuisine des fermiers, qui n'étaient pas commodes. Elle se dirigea donc discrètement vers la cuisine des fermiers.

Pendant ce temps, le jeune cochon réfléchissait. Le fond du problème, c'est qu'il n'avait pas envie de prendre ses cachets. Les cochons mangent de tout, et Charles avalait sans difficulté les restes que lui donnaient les fermiers, mais il avait déjà essayé de prendre des cachets par le passé, et ça ne passait pas.

En vérité, ce cochon-là ne prenait pas ses cachets.

Il les cachait.

Et il racontait à sa mère qu'il les avait pris.

Pendant que sa mère était partie lui chercher un verre, Charles retira deux comprimés de la boîte, mit la boîte dans sa poche et alla porter les deux comprimés dans sa cachette à cachets. Sa cachette se situait dans un coin du poulailler.

— Excuse-moi, Pauline, dit-il à la poule qui était là chez elle et qui

pondait, bien au chaud sur son lit de paille, je viens encore te déranger. J'ai un gros rhube, et j'ai deux cagets à cager.

— Deux cachets à cacher, tu veux dire, le reprit Pauline.

— Oui, fit le cochon après s'être mouché. Tu ne dis toujours rien à ma mère, hein ?

— Cette situation est très gênante, lui rappela Pauline. D'une part, je cache à ta mère que tu caches tes cachets, d'autre part, tu ne prends pas soin de ta santé. C'est une lourde responsabilité, pour moi. Est-ce que tu ne manques pas l'école, au moins ?

— Je suis malade, quand même, répliqua le cochon. De toute façon, je ne peux plus aller à l'école depuis que le loup a mangé l'institutrice et qu'il fait les cours à sa place mal déguisé en remplaçante, expliqua Charles.

— C'est ce que tu as raconté à ta mère ?

— Non, c'est un copain qui me l'a dit. Et ma mère est au courant. Raison de plus pour que je n'aille pas à l'école.

— Et ton copain va toujours en cours, lui ? Avec le loup qui fait la classe ?

— Oui, expliqua Charles. Ils sont plusieurs à y aller encore et à vouloir piéger le loup.

— Ils sont courageux, estima Pauline.

— Ils veulent jouer au plus malin

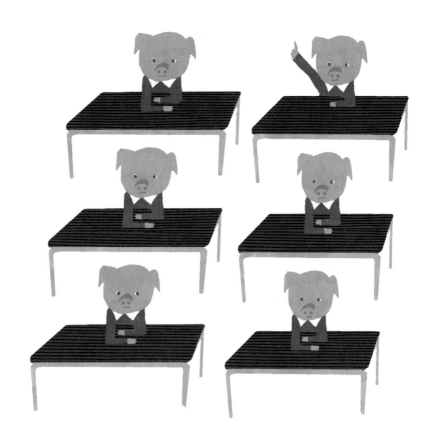

avec le loup, expliqua Charles. Je
crois qu'ils ne se rendent pas compte.
Pour l'instant, ils ne s'en sortent pas

trop mal. Le loup essaie d'en punir un pour mauvaise conduite ou à la suite d'une mauvaise réponse, de façon à le garder seul en retenue après la classe pour le manger tranquillement. Alors, d'après ce que je sais, ils sont tous très sages et ils travaillent tous très bien. À toutes les questions que le loup pose, histoire, géographie, français ou calcul, aucun n'a encore fait de mauvaise réponse. Et ils connaissent tous leurs tables de multiplication par cœur.

— Si je comprends bien, observa Pauline, le loup est un bon instituteur remplaçant.

— On peut voir ça comme ça, fit Charles. Maintenant, il faut que je me sauve, je te laisse mes cachets et je retourne voir ma mère pour faire semblant de les avaler.

– Ok, dit Pauline, à plus tard, Charles. Mais tu devrais quand même essayer de les prendre.

Quand Charles revint dans la cour, sa mère était là avec un verre d'eau.

– J'ai eu du mal avec les fermiers, expliqua-t-elle. Ils tiennent énormément à leurs verres.

Et elle lui tendit le verre d'eau.

Charles prit le verre, fit le geste de porter les cachets à sa bouche et but une longue gorgée.

– C'est bien, fit la mère.

Charles rougit.

Il avait vraiment honte de jouer cette comédie.

Mais il ne pouvait pas avaler ces cachets, c'était plus fort que lui.

– Il faut que j'aille te racheter des mouchoirs, observa la mère en regardant la montagne de papier.

– Il faut surtout que vous alliez me porter tous ces mouchoirs sales à la déchetterie, intervint le fermier, qui venait de faire irruption dans la cour. C'est une vraie porcherie, ici !

— Je vais m'en occuper tout de suite, proposa Charles.

— On s'en occupe, fit la mère, cependant qu'elle rendait son verre au fermier.

Quand le fermier fut parti, la mère dit à Charles :

— C'est moi qui vais aller à la déchetterie. Toi, avec ton rhume, tu dois rester ici pour te reposer. Je m'attelle la carriole et j'y vais.

Au même moment, la poule Pauline se dirigea vers eux. Elle n'avait pas l'air bien, elle caquetait énormément.

– Ah, bonjour, dit-elle à la mère de Charles en s'apercevant qu'elle était là.

Et elle s'arrêta aussitôt de caqueter.

– Bonjour, Pauline, fit la mère de Charles. Ça va ? J'ai l'impression que tu caquetais beaucoup, en venant.

— Non, non, répondit Pauline, je ne caquetais pas tellement. Ça va, ça va.

— Bon, dit la mère de Charles, si ça va, moi, je vais chercher la carriole. Je vous laisse.

Et elle s'éloigna.

— Qu'est-ce qui se passe ? demanda Charles à Pauline. Tu caquetais en venant et tu t'es arrêtée de caqueter.

— Je ne voulais pas que ta mère s'en aperçoive, expliqua Pauline. Figure-toi qu'en becquetant quelques graines, pendant que je pondais, j'ai avalé un de tes fichus cachets. Et ça ne passe pas. Tu les caches mal, tes cachets, ça traîne partout.

— Tu devrais boire un peu d'eau, suggéra Charles.

— J'en ai bu.

— Alors, pourquoi tu viens me voir ? demanda Charles. C'est juste pour m'engueuler ?

— Non, fit Pauline, mais je ne veux plus que tu caches tes cachets chez moi. Tu n'as qu'à demander au canard.

— Je le lui ai déjà demandé, dit Charles. Il ne veut pas de cachets chez lui.

— Demande aux lapins, alors, proposa Pauline.

— Ils n'ont pas la place dans leur clapier, répondit Charles.

— Même pas pour de petits cachets ? s'étonna Pauline.

— De toute façon, on n'arrive pas à discuter avec ces lapins, expliqua Charles. Ils sont têtus comme des mules. Et le canard ne vaut pas mieux. Avant, je pouvais compter sur toi.

— Je t'ai déjà dit que ce cachet que j'ai avalé ne passait pas, insista la poule.

Et elle se remit à caqueter.

Malheureusement, la mère de Charles revenait, attelée à la carriole.

— Mais tu caquètes, là, dit-elle à la poule. Tu ne peux pas dire que tu ne caquètes pas. Tu es sûre que ça va ?

La poule ne répondit rien. Tout à coup, elle hoqueta.

— Allons bon, qu'est-ce qu'il y a ? fit la mère de Charles.

La poule ne répondit toujours rien. Elle se tenait le ventre.

— Ça ne va pas du tout, dit la mère de Charles. Je vais aller avertir les fermiers.

La mère n'avait pas sitôt prononcé ces mots que la poule se pencha vers l'avant et vomit. Au beau milieu de ce qu'elle venait de recracher, on distingua un cachet.

— Un cachet de mon fils ! s'exclama la mère de Charles. Qu'est-ce que c'est que cette histoire ?

— Heu… fit la poule, qui par ailleurs se sentait mieux.

— Alors, tu as une explication ? demanda la mère au jeune cochon.

Mais le jeune cochon avait disparu.

— Où est-il passé ? interrogea la mère.

En fait, le cochon était déjà loin, il avait passé l'entrée de la ferme et courait déjà dans les champs.

Il se dirigeait vers l'école.

Peu importe pour l'instant comment réagissaient sa mère et la poule, et ce qu'elles se racontaient, le cochon filait droit vers l'école, et c'est lui seul qui nous intéresse maintenant.

Il était désespéré. Puisque sa mère avait découvert le pot aux roses, il n'avait plus qu'une idée : se jeter dans la gueule du loup.

Ou peut-être faire quelque chose d'utile. Histoire de se racheter.

Il ne savait pas encore.

Il arriva en vue de l'école. Dans la cour, tout était silencieux. Le cochon s'avança en direction de la classe. La porte était fermée, mais à travers on distinguait clairement la grosse voix du loup, qui essayait d'imiter la voix de l'institutrice.

école

— À quelle date commence le printemps ? entendit le cochon.

Il s'ensuivit un lourd silence. Personne ne répondait.

Or Charles, lui, connaissait la réponse. Il cogna à la porte de la classe.

— Qu'est-ce que c'est ? fit le loup.

— Un cochon, répondit Charles à travers la porte. Un cochon qui voudrait bien participer à la classe.

— Quelle bonne idée ! fit la voix du loup. Entre !

Charles, qui retenait sa respiration, poussa la porte. Il n'y avait plus que trois cochons dans la classe. Le loup, apparemment, avait mangé tous les autres. Il se tenait sur l'estrade, une règle à la main, très mal déguisé en institutrice. Il portait notamment un bonnet de dentelle que, même à l'époque, les institutrices ne portaient pas. Le loup avait en fait coiffé par mégarde un bonnet de grand-mère. Sous sa jupe dépassaient les poils sombres de ses pattes. Il avait également fait l'erreur de mettre du rouge à lèvres, et ses grandes dents brillaient au milieu de sa bouche peinturlurée.

De toute façon, le loup se fichait d'être mal déguisé. Quand on a mangé jusqu'à la directrice de l'école, on se moque bien des apparences.

– Assieds-toi donc où tu veux, dit-il à Charles. Comme tu vois, il reste de la place.

En effet, la quasi-totalité de la salle était vide. Le ventre du loup, lui, était plein. Il débordait d'ailleurs de sa robe.

Charles s'assit à côté des trois autres.

— Avant que tu n'entres, j'avais posé une question, déclara le loup à Charles. Mais, comme tu es là, maintenant, je vais plutôt en poser une autre. Je n'aime pas me répéter.

Charles avala sa salive. Saurait-il répondre à une autre question ? En plus, à cause de son absence, il avait beaucoup de retard dans ses connaissances.

— Voici la question, déclara le loup : combien y a-t-il de jours dans la semaine de six jours plus le dimanche ?

$$1 \text{ jour} + 1 \text{ jour} + 1 \text{ jour}$$

$$+ 1 \text{ jour} + 1 \text{ jour}$$

$$+ 1 \text{ jour}$$

$$+ \text{ le dimanche} = \text{?}$$

— Il y a sûrement un piège dans cette question, murmura en direction des autres un des cochons. Le problème, c'est que je ne sais pas lequel.

— On ne chuchote pas ! gronda le loup, dont la voix ressemblait de moins en moins à la voix de l'institutrice.

Les deux autres cochons sur-
vivants retinrent leur souffle. Ils
n'osaient rien répondre, de peur de
se tromper. Quant à Charles, il réfléchissait. En effet, cette question-là
ne portait pas sur ce que les cochons
avaient appris à l'école. Il s'agissait
bien d'un piège. Sauf que, se disait-
il, le loup fait semblant de nous
tendre un piège, pour qu'on cher-
che à l'éviter. Et le vrai piège, c'est
qu'on dirait qu'il y en a un. Mais, en
vérité, il n'y en a pas.

Charles leva la main.

— Comment t'appelles-tu ? fit le
loup.

— Charles, répondit Charles.

— Alors, nous t'écoutons, Charles.

— Il y a six jours dans la semaine

de six jours, se lança Charles. Plus le dimanche, ça fait sept.

Le loup ne répondit d'abord pas, bien sûr. Il posa ensuite la même question aux trois autres. Comme ils n'avaient pas de meilleure idée, ils répondirent tour à tour comme Charles.

— Bravo ! s'exclama le loup, qui, en réalité, semblait légèrement s'impatienter.

Son rouge à lèvres coulait sur ses babines, se mêlait à sa salive et rougissait ses dents, qui paraissaient couvertes de sang.

— Attention à la prochaine question, déclara-t-il, la bouche pleine de bave. Saurez-vous vraiment y répondre ?

Et, à l'aide d'un morceau de craie, il écrivit silencieusement la question au tableau noir. Or cette question faisait peur.

Le loup avait inscrit au tableau la question suivante : « Qui suis-je ? »

— Aïe ! murmura Charles.

— J'ai posé la question, déclara le loup. J'attends votre réponse.

Les trois autres cochons semblaient effondrés. Charles, lui, réfléchissait à toute vitesse. Si, à la question posée, il répondait la vérité, à savoir : « Vous êtes le loup », le loup, en se voyant reconnu, risquait de ne plus du tout jouer à la maîtresse et de se jeter sur eux sans plus attendre. Si, à l'inverse, Charles donnait une réponse fausse, à savoir : « Vous êtes la maîtresse », et que le loup dise que c'était là en effet une mauvaise réponse, il se jetterait tout autant sur eux, et ça revenait au même. Bref, les quatre cochons étaient coincés. La bonne réponse pour s'en sortir n'existait pas. La vérité, c'est que le loup avait décidé de les manger tous les quatre.

« Il y a peut-être un moyen… », réfléchit encore Charles.

— Personne ne répond ? demanda le loup. Je vais perdre patience.

Charles leva la main.

— Nous t'écoutons, dit le loup.

— Ma réponse risque d'être un peu longue, commença Charles. La bonne réponse à votre question, en fait, n'existe pas, poursuivit-il. Car, si je vous la donne, et que vous la considériez comme bonne, elle risque d'être mauvaise pour nous. Et, si je vous donne la mauvaise, elle sera aussi mauvaise pour nous, même si vous vouliez nous faire croire que c'est la bonne. Et…

— Attends, l'interrompit le loup, est-ce que tu peux reprendre ? Je ne suis pas sûr d'avoir bien tout compris.

— Je veux dire, reprit donc Charles, qu'il est impossible de répondre à votre question parce que, si la réponse que je vous donne est la bonne, ce sera pour nous comme si elle ne l'était pas, et que, si je vous donne la mauvaise, elle sera de toute façon bonne pour vous. Et…

— Arrête, l'interrompit de nouveau le loup, tu me donnes mal à la tête !

— Attendez, je vais mieux vous expliquer, recommença Charles.

— Non ! fit le loup. Dès que tu ouvres la bouche, ça me fait mal ! Si au moins j'avais des cachets !

– Ça peut s'arranger, déclara Charles.

– Qu'est-ce que tu veux dire ? fit le loup.

– Ça veut dire que j'ai des cachets, répondit le cochon, qui depuis un moment jetait des coups d'œil vers la fenêtre. Des cachets que je crachais chaque fois que ma mère me les donnait et que j'ai fini par cacher plutôt que de les cracher mais que je ne cacherai plus parce que c'est mal. Et…

– Stop ! hurla le loup, dont le bonnet de dentelle, dans son exaspération, lui glissait sur le museau. Donne-moi donc ces cachets, puisque tu en as ! Je dois en prendre combien ?

— Une plaquette, répondit Charles.

Et il tendit au loup une plaquette
de cachets.

Le loup s'en saisit.

— J'ai besoin d'un grand verre
d'eau pour avaler tout ça, déclara-
t-il.

— Par contre, je n'ai pas d'eau sur
moi, fit Charles.

À ce moment, la porte s'ouvrit.

— Maman ! s'écria Charles. Par
la fenêtre, il m'avait bien semblé vous
voir arriver.

La mère de Charles, en effet,
venait d'entrer dans la salle. Elle
n'était pas seule. La poule Pauline
était avec elle. Le fermier, également.
Il était armé d'un fusil.

— Vous avez besoin d'un verre d'eau, madame l'institutrice ? demanda le fermier.

— Heu… répondit le loup, dont le bonnet de dentelle lui avait maintenant glissé autour du cou. En fait, je ne sais pas. Je me demande si je ne vais pas me mettre en congé, tout simplement. Ces enfants sont si durs… Je n'en peux plus… Un peu de vacances me ferait sans doute le plus grand bien.

— Avant de partir, madame l'institutrice, intervint la poule Pauline, il vous faudrait peut-être rendre quelque chose…

— Avalez donc cette plaquette de cachets, madame l'institutrice, lui conseilla le fermier.

— Ça vous aidera, madame l'institutrice, insista la mère de Charles, en tendant au loup une bouteille d'eau minérale.

— Merci, vous êtes bien aimable, répondit le loup en prenant la bouteille. Mais je les prendrai plutôt quand je serai en vacances.

— Non, intervint le fermier en caressant la crosse de son fusil, il vaudrait mieux les avaler maintenant.

— Comme vous voulez, soupira le loup.

Il but et fut agité de force soubresauts. Quelques secondes plus tard, il vomissait l'un après l'autre tous les cochons qu'il avait mangés. Lesquels, un peu étourdis, allèrent s'asseoir à leur place. Puis l'insti-

tutrice sortit de son ventre et, enfin,
la directrice, qui déclara, après avoir
remis sa coiffure en place, qu'on allait
tenir un conseil de discipline destiné
à punir le loup.

— Peut-être qu'un bon coup de fusil suffirait, suggéra le fermier.

— Ah non ! s'écria la directrice. On va plutôt essayer de lui faire la morale avant de le renvoyer dans sa forêt.

— Je préférerais ça, observa le loup. Quoique j'aie bien aimé faire la classe et que je ne m'en sois pas si mal sorti.

— N'exagérons rien, intervint l'institutrice, qui avait remis correctement ses lunettes sur son nez.

— Bon, déclara le fermier, moi, j'ai du travail. Faut que j'y aille. Je vous laisse le fusil à tout hasard. Allez, ajouta-t-il à l'intention de la mère de Charles, de la poule Pauline et de Charles, on rentre à la ferme.

— En fait, mon fils est très enrhumé, expliqua la mère de Charles à l'institutrice, il est venu à l'école aujourd'hui un peu exceptionnellement. Je préfère le garder au chaud.

— Pas de problème, répondit l'institutrice. En tout cas, j'ai entendu toutes ses réponses quand j'étais à l'intérieur du loup. Il s'est bien débrouillé.

— C'est bien, mon fils, dit la mère de Charles.

Et le fermier, la poule Pauline, Charles et sa mère quittèrent l'école. En chemin, sa mère rappela Charles à l'ordre.

— J'espère que tu prendras tes cachets, maintenant, déclara-t-elle.

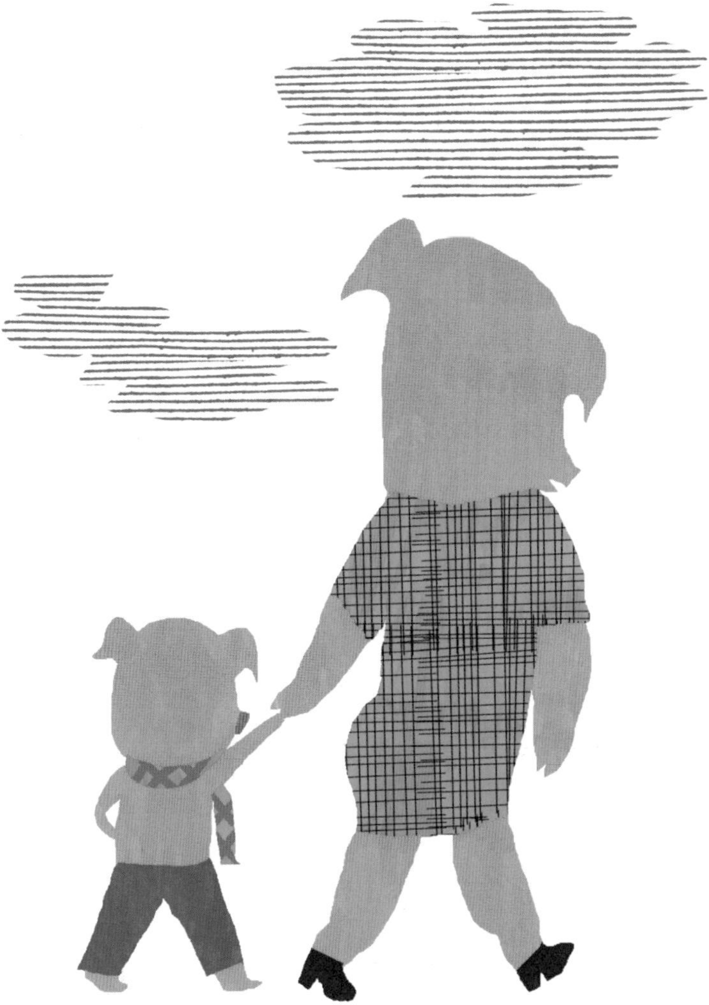

— Je te ferai remarquer, maman, lui répondit Charles, que la poule et le loup ont vomi après en avoir pris.

— C'est normal, expliqua la mère, ce sont des cachets pour cochons. Tu ne le savais pas ?

— Non, avoua le cochon.

— Eh bien, le loup non plus ne le savait pas, lui dit la mère. Et il est grand temps que tu retournes à l'école avec une vraie institutrice pour apprendre. Et que tu prennes bien tes cachets pour guérir.

Or qu'est-ce qu'on peut répondre à ça ? Rien. Le cochon rentra à la ferme, prit ses cachets et plus jamais ne les cacha.

Du même auteur à *l'école des loisirs*

Collection MOUCHE

Le lapin magique
L'abominable histoire de la poule
Pas de vraies vacances pour Georges
Les trois vaillants petits déchets
Les lèvres et la tortue
Le roi de N'importe-Où
Le prince et la caissière
Le voleur de châteaux
Le cauchemar du loup
Le bain de la princesse Anne
La casquette du lapin
Le tiroir de la princesse Faramineuse
Le chêne, la vache et le bûcheron
Le cochon en panne
Le chevalier qui cherchait ses chaussettes
Le cochon qui voulait bronzer
La géante endormie
L'éléphant caché
La sonnette du lapin
Le fauteuil de la fée
La princesse poussiéreuse
Le miroir menteur du méchant prince moche
Promenade avec un lapin
Le dur métier de loup

Trop chaud !
Le géant et le gigot
Princesse pas douée
Le cochon et le prince
L'invitation faite au loup
Chevaliers et princesses avec gigot
Le principal problème du prince Prudent

Collection CHUT *!*

Le chevalier qui cherchait ses chaussettes lu par l'auteur
Le géant et le gigot lu par l'auteur
Princesse pas douée lu par Agnès Serri Fabre et par l'auteur